NDR

Der Spruch des Tages

Das dritte Buch

und der kleine Witz zum Schluß

VERLAG HANSEATISCHE EDITION

Liebe Leserin, lieber Leser!

Wenn im Programm von NDR 1 Radio Niedersachsen der Spruch des Tages gesendet wird, spitzen tagtäglich Millionen von Hörern die Ohren, weil er sie amüsiert, erfreut, aber auch zum Nachdenken anregt.

Eine Auswahl der schönsten neuen Sprüche aus dem Jahre 1999 haben wir für Sie in diesem dritten Sprüchebuch zusammengestellt.
Als Zugabe gibt es diesmal die kleinen Witze, die ich immer zum Schluß meiner Sendungen auf NDR 1 Radio Niedersachsen erzähle. Witze, die mitten aus dem Leben stammen! Sie werden viel zum Schmunzeln und zum Lachen haben.

Natürlich finden Sie auch in diesem Buch wieder Illustrationen – diesmal von Christian O. Böttger –, die in ihrer zarten augenzwinkernden Ironie das Buch abrunden.

Ich wünsche Ihnen viel Spaß.
Herzlichst Ihr

Lutz Ackermann
Musik- und Unterhaltungschef von
NDR 1 Radio Niedersachsen

**Humor ist der Knopf,
der verhindert, daß uns
der Kragen platzt.**

Joachim Ringelnatz

Warum kriegt man Falten eigentlich im Gesicht, wo am Po doch so viel Platz wäre?

An Mitgift ist noch keiner gestorben.

Lutz Ackermann

Ein Pfund Praxis ist besser als eine Tonne Theorie.

Lehmanns sitzen im Zug. Ein junger Mann gegenüber küßt pausenlos seine Freundin. Fragt Frau Lehmann ihren Gatten: "Eberhard, warum machst Du das nicht auch?" „Aber Luise, ich kenne die Frau doch garnicht."

Wer ruhig
leben will,
darf nicht
sagen,
was er weiß
und nicht
glauben,
was er hört.

Glück- das ist eine gute
Gesundheit und ein
schlechtes Gedächtnis.

Ernest Hemingway

**Besser in den sauren
Apfel beißen als mit
einer weichen Birne
herumlaufen.**

Der Kuß ist der
Ausdruck eines Eindrucks
durch Aufdruck mit
Nachdruck.

Ein kleiner Junge wird auf der Straße von einer älteren Dame angesprochen: „Kleiner, weiß Dein Papa, daß Du rauchst?“ Darauf der Knirps:“Weiß Ihr Mann, daß Sie auf der Straße junge Herren ansprechen?

Ob eine schwarze Katze Unglück
bringt oder nicht, hängt davon ab, ob
man ein Mensch ist oder eine Maus.

Man wird nicht
zwischen Weihnachten
und Neujahr dick,
sondern zwischen Neujahr
und Weihnachten.

Lutz Ackermann

Der verlorenste
aller Tage ist der,
an dem man nicht
gelacht hat.

Wenn man nicht
hat, was man liebt,
muß man lieben,
was man hat.

Jeder Wunsch, der sich erfüllt, bekommt augenblicklich Junge.

„Sie haben wunderschöne Zähne, Fräulein Elisabeth,“sagt der schüchterne Herr zu seiner Angebeteten. „Danke.Die habe ich von meiner Mutter geerbt.“„Gut,daß sie Ihnen passen.“

Ein guter
Weg zur
Gesundheit
ist der
Fußweg.

Auch mit einer
Umarmung kann
man seinen Gegner
bewegungsunfähig
machen.

Amintore Fanfani

Manche Menschen, die eine Fliege verschlucken, haben mehr Gehirn im Magen als im Kopf.

Nicht eilen -
wir kommen früh
genug zu spät!

Die Ehefrau sagt zu ihrem Mann: „ Liebling, ich gehe nur zehn Minuten zu Renate rüber, rühr doch bitte alle halbe Stunde die Suppe um.“

Liebe ist der
Triumph der
Phantasie über
die Intelligenz.

Du kannst Dein
Leben nicht
verlängern, noch
verbreitern, nur
vertiefen.

Gorch Fock

**Es gibt eine
Gerechtigkeit: Jeder
bekommt täglich
24 Stunden geschenkt.**

Philipp rast mit seinem Fahrrad über die Kreuzung. „Halt", ruft ihm ein Polizist entgegen, „kein Licht, keine Klingel!" „ Aus dem Weg!" ruft Philipp. „Keine Bremse!"

Wer sein Wort nicht halten kann, sollte auch keine Reden schwingen.

Ein Lottoschein ist
eine Baugenehmigung
für Luftschlösser.

Eine kluge Frau
folgt ihrem Mann,
wohin sie will.

Der zweite Frühling
kommt mit den
dritten Zähnen.

Walter Matthau

Manfred klagt:“ Ich war das jüngste von acht Kindern und musste immer die Sachen meiner Geschwister auftragen.“ „Was war denn daran so schlimm?“ „Ich war der einzige Junge.“

Auch ein
Kurschatten kann
ein Lichtblick sein.

Es sind die täglichen
Kleinkriege, die uns
kleinkriegen.

Gerhard Uhlenbruck

Das wahre
Familienoberhaupt
ist der, der die
Fernbedienung
in der Hand hält.

Lutz Ackermann

**Lieber mit
seinem
Verhältnis
wohnen, als
über seine
Verhältnisse
leben.**

Eduardo der Artist stellt sich beim Zirkusdirektor vor. Er hat einen großen und einen kleinen Koffer. Aus dem kleinen Koffer holt er einen harten Stein, schlägt ihn dreimal gegen seinen Kopf - und der Stein ist kaputt! „Großartig", staunt der Direktor. „Aber was haben Sie in dem großen Koffer?" „Kopfschmerztabletten."

Der Vater unterscheidet sich von seinem
Sohn durch den Preis seiner Spielsachen.

Man respektiert einen Mann wegen seiner Stärke. Aber lieben kann man ihn nur wegen seiner Schwäche.

Laetitia Bonaparte

Auf Leute, die nie singen, kann man pfeifen.

Besser ein kleines Geschenk als ein großes Versprechen.

Marionetten haben immer einen guten Draht nach oben.

T.C.Dahme

„Herr Doktor, ich habe ein Gerstenkorn. Was soll ich tun?“ „Behalten Sie es im Auge!“

Fernsehen ist Kaugummi für die Augen.

Orson Welles

Wer etwas haben will, muß auch geben.

Der ungerechteste Frieden ist immer noch besser als der gerechteste Krieg.

Cicero

In einem kleinen Dorf stirbt eine alte Jungfer. Die Verwandten überlegen, was sie auf den Grabstein schreiben sollen. Onkel Rudi aus der Stadt schlägt vor: „Ungeöffnet zurück!“

Es hat keinen
Sinn, Sorgen
ertränken zu
wollen: Sie
können
schwimmen.

Was ein vernünftiges
Gehalt ist, hängt davon
ab, ob man es zahlt oder
ob man es bekommt.

**Lieber Hans im Glück
als Pech mit Marie.**

Das Glück klopft
öfter an, als man
meint, aber meistens
ist niemand zuhause.

Will Rogers

Im Geschichtsunterricht fragt der Lehrer:"Weiß einer von Euch, was Mumien sind?"
Tiefes Schweigen in der Klasse. Schließlich meldet sich Moritz und sagt: „Das sind
eingemachte Könige, Herr Lehrer."

Eigenliebe ist der Beginn einer lebenslangen Romanze.

Oscar Wilde

Lieber eine gesunde
Verdorbenheit als eine
verdorbene Gesundheit.

Ein Choleriker ist einer, der nach dem Grundsatz lebt: Nicht wundern, nur ärgern.

Ein Vergnügen
zu erwarten, ist auch
ein Vergnügen!

Gotthold Ephraim Lessing

Wenn ein Mann seiner Frau verspricht, sie auf Händen zu tragen, kann sie sicher sein, daß sie auf den Arm genommen wird.

Mama geht mit dem sechsjährigen Stefan in die Sauna. Als sie wiederkommen, fragt der Vater den Sohn:“Na, hatten die anderen Frauen mehr Busen als Mama?“ „Nöö...auch nur zwei!“

Verschüttetes Wasser
und gesprochene
Worte lassen sich nicht
wieder einsammeln.

Beim Weißwein denkt
man an Dummheiten.
Beim Rotwein spricht
man Dummheiten.
Beim Sekt macht man
Dummheiten.

Henri Vidal

**Der schönste am
Sonntag ist der
Samstagabend.**

„Herr Doktor der Simulant von Zimmer 21 ist gerade gestorben!" „Also wirklich, jetzt übertreibt er aber!"

Wenn Menschen Liebe gepredigt wird, lernen sie nicht lieben sondern predigen.

Alice Miller

Schmeicheleien
sind wie Falschgeld -
sie machen
denjenigen ärmer,
der sie empfängt.

Alkohol löst Zungen
aber keine Probleme.

Werner Mitsch

Nichts kann eine Frau schneller zu einer Diät bewegen als der Bikini des letzten Jahres.

Es klingelt an der Haustür. „Papa, draußen steht ein Mann, der für ein neues Schwimmbad sammelt." „Gib` ihm einen Eimer Wasser."

Der Student studiert, der Arbeiter arbeitet,
der Chef scheffelt.

Ein Finanzgenie ist ein Mann, der sein Geld schneller verdient, als seine Familie es ausgeben kann.

Unser Gesicht sollte immer der Landeplatz für den Anflug eines Lächelns sein.

Thomas Romanus Bökelmann

Als Strohwitwer kommt einem das ganze Haus schrecklich leer vor - bis auf die Spüle.

Der einzige Mist, auf dem nichts wächst, ist der Pessimist.

Unterhalten sich zwei Freunde: „Ich habe gehört, Du hast geheiratet. Wie fühlt man sich denn so als frisch gebackener Ehemann?“ „Immer jünger. Ich rauche schon wieder heimlich auf der Toilette.“

Die junge Generation hat auch heute noch Respekt vor dem Alter: vor altem Wein, altem Whisky und alten Möbeln.

Truman Capote

Die Männer sind zweifellos dümmer als die Frauen. Oder hat man jemals gehört, daß eine Frau einen Mann nur wegen seiner hübschen Beine geheiratet hat?

Micheline Presle

Ich lebe lieber großgemustert als kleinkariert.

Wolfgang Joop

„Heute habe ich die Herrschaft über meinen Wagen verloren!“ „Zu schnell gefahren?“! „Nein, meine Tochter hat ihren Führerschein gemacht.“

Vergnügen kann man kaufen. Glück nicht.

Gesetze sind wie Spinnweben: Die großen Hummeln brechen durch, und die kleinen Fliegen bleiben hängen.

Polnisches Sprichwort

Daß die Frauen das letzte Wort haben, beruht hauptsächlich darauf, daß den Männern nichts mehr einfällt.

Hanne Wieder

Weltverbesserer gibt es genug, aber einen Nagel richtig einschlagen können die wenigsten!

Die Filmdiva hat wiedermal geheiratet. Zu ihrer Tochter sagt sie: „Das ist Dein neuer Papa, sag`doch was Nettes zu ihm.“ Darauf die Kleine: „Würdest Du Dich in mein Gästebuch eintragen?“

Viele Reiseveranstalter bringen Ihre Kunden auf die Palme.

Es gibt Menschen,
die sind furchtbar
einfach - und
andere, die sind
einfach furchtbar.

Das Leben ist wie
ein Spiegel: Wenn
man hineinlächelt,
lacht es zurück.

Nubar Gulbenkian

Wenn eine Frau die
erste Geige spielt,
kann sie wenigstens
nicht dirigieren.

**Wer unbedacht ein
Wort fallen läßt, muß
damit rechnen, daß
man es ihm nachträgt.**

„Herr Direktor, mein Gehalt entspricht nicht meinen Fähigkeiten!“ „Ich weiß, mein Lieber. Aber ich kann Sie doch nicht verhungern lassen.“

Manchmal kommt mehr heraus, wenn man sich mit jemandem zusammen-, statt auseinandersetzt.

Das einzige Mittel, das Leben zu ertragen, ist, es schön zu finden.

Rudolf Leonhardt

Verantwortlich ist man nicht nur für das, was man tut, sondern auch für das, was man nicht tut.

Laotse

Viele werden nach oben befördert – zu wenige weit weg.

„Nun, was ist mit meinem Auto?" „Lassen Sie es mich so sagen", antwortet der Mechaniker, „wäre Ihr Auto ein Pferd, müßten wir es erschießen."

Wer immer auf sein
Recht pocht, be-
kommt wunde Finger.

Eine Bank ist eine
Einrichtung, von der
Sie sich Geld leihen
können - vorrausgesetzt, Sie
können nachweisen, daß
Sie es nicht brauchen.

Mark Twain

Nicht nur die Gedanken, auch die Hintergedanken sind frei!

Meier erwischt seine Frau mit dem Buchhalter im Bett. „Was macht denn dieser Mensch hier?" „Nun, was soll er schon machen, Liebling" säuselt seine Frau, „er arbeitet Deine Rückstände auf!"

Daß die Vögel der Sorge und des Kummers über Deinem Haupte fliegen, kannst Du nicht ändern. Aber daß sie Nester in Deinem Haupte bauen, kannst Du verhindern.

Chinesisches Sprichwort

Die Ehe ist das einzige Glücksspiel, das von der Kirche gefördert wird.

Viele Menschen versäumen das kleine Glück, während sie vergeblich auf das große warten.

Pearl S. Buck

Wer kein Geld hat, kann sich sogar das Sparen sparen.

Der Hausherr überrascht nachts den Einbrecher. „Halt! Was suchen Sie hier?" „Geld!" „Ach so. Dann gehe ich wieder ins Bett. Wecken Sie mich, wenn Sie welches gefunden haben."

Alle Menschen haben ihr Herz an derselben Stelle, aber nicht alle am rechten Fleck.

Die gute Rede hat einen Anfang und ein Ende und einen möglichst kleinen Abstand zwischen diesen beiden.

Jupiter Cumulus

Über Gewicht spricht man nicht - Übergewicht hat man!

Wer einen Traum verwirklichen will, muß vorher aufwachen.

Armin Kraft

Das rote Kreuz nimmt künftig an allen Sitzungen des Bundestages teil. Es ist schließlich immer dort, wo die Not am größten ist.

Am schnellsten kommt man auf dem Steckenpferd seines Vorgesetzten voran.

Rumänisches Sprichwort

Einem Auge traut man mehr als zwei Ohren.

Es ist unglaublich, wieviele Sachen man findet, wenn man etwas Bestimmtes vergeblich sucht.

Georg Thomalla

Die Frauen machen sich nur deshalb hübsch, weil das Auge des Mannes besser entwickelt ist als sein Verstand.

Doris Day

Seine Mäuse wird man am sichersten los, wenn man mit Miezen ausgeht.

Lutz Ackermann

Zwei lieben sich gerade heiß und innig, als das Telefon klingelt. Die Frau nimmt ab: „Alles klar, ...in Ordnung...ich Dich auch!“ „Wer war denn das?“ will der Liebhaber wissen. „Mein Mann. Er ist gerade mit Dir kegeln gegangen.“

Die Garderobe einer Frau ist die Visitenkarte des Mannes.

Französisches Sprichwort

Wer vor jedem den Hut zieht, hat bald eine Glatze.

Der Lohn einer guten Handlung besteht darin, daß man sie vollbracht hat.

Seneca

Ein Gentleman ist ein Mann, der sich wenigstens vorstellt, bevor er einem nachstellt.

Der Automechaniker steht vor Petrus am Himmelstor: „Warum hast Du mich so früh sterben lassen, ich bin doch erst 46 Jahre alt?“ Petrus schaut in sein großes Buch und sagt: „Nach den Stunden, die Du Deiner Kundschaft berechnet hast, bist Du genau 105!“

Wer das Ziel nicht kennt, wird den Weg nicht finden.

Geld ist wie ein gutes Parfüm - es überdeckt Probleme.

Hawaiianisches Sprichwort

Die schwerste Aufgabe der Frau besteht darin, dem Manne ihrer Wahl klarzumachen, daß er ernste Absichten hat.

„Merkt Euch", sagt der Lehrer," ein Anonymer ist ein Mensch, der unbekannt bleiben will. Wer lacht da?" Eine Stimme aus der Klasse:"Ein Anonymer!"

Ein Herz,
das sich
schnell
erwärmt,
kühlt auch
schnell
wieder ab.

Nichts macht so alt
wie der ständige Versuch
jung zu bleiben.

Robert Mitchum

Streit beginnt oft damit,
daß man sich etwas
vorwirft und endet damit,
daß man sich etwas
nachwirft.

Robert Lemke

Laß Dir nichts vormachen - mach Deine Fehler lieber selbst!

Ein schmächtiges Kerlchen möchte als Holzfäller arbeiten. „Wo haben Sie denn bisher schon Bäume gefällt?“ will der Förster wissen. „Zuletzt in der Sahara.“ „In der Sahara? Aber da gibt es doch gar keine Bäume.“ „Nicht mehr, Chef, nicht mehr!“

Manche
Männer
wären gern
verheiratet,
nur nicht
gleich
24 Stunden
täglich.

Auf der ganzen Welt gibt es 40 Millionen Gesetze - und das nur, damit man die 10 Gebote befolgt.

Bildungshunger und Wissensdurst sind keine Dickmacher.

Nichts ist überzeugender als Erfolg.

Leopold von Ranke

„Mit dem Fernseher bekomme ich meinen Mann am schnellsten wach." „Wie das?" „Ich stelle ihn einfach ab."

Kaum sind Deine Kinder auf der Welt,
erziehen sie Dich.

Norbert Stoffel

Jungsein ist ein Geisteszustand.

Albert Schweizer

Viele Poliker antworten mit einem entschiedenen: „Vielleicht."

Der wirksamste Schutz gegen die Versuchung ist die Feigheit.

Mark Twain

Besserwisser geben einem Pferd Sporen, auf dem sie gar nicht sitzen.

Norman Mailer

„Vati, was ist ein Vakuum?" „Wart mal Junge, ich hab`s im Kopf, aber ich komm nicht drauf."

Die Zeit vergeht nicht schneller als früher: wir laufen nur eiliger an ihr vorbei.

George Orwell

Der Sieg hat viele Väter, die Niederlage ist ein Waisenkind.

Die wahren Lebenskünstler vergleichen sich grundsätzlich nur mit Leuten, denen es schlechter geht als ihnen.

André Maurois

Wer sich mit Humor wappnet, ist praktisch unverwundbar.

Frau Schulze kommt mit einem Einkaufsnetz voller Toilettenpapier nach Hause. „Haben Sie das alles gekauft?" fragt die Nachbarin erstaunt. „Denken Sie, ich hab`s von der Reinigung abgeholt?"

Wer alles bloß des Geldes wegen tut, wird bald des Geldes wegen alles tun.

Der einzige Ort der Welt, an dem die Frauen den Männern nicht widersprechen, ist das Standesamt.

Das Vergnügen ist wie eine Lebensversichung: Je älter man wird, desto teurer wird es.

Kim Hubbard

In der Zoohandlung. „Haben Sie einen Papagei, der sprechen kann?" „Nein, aber einen bildschönen Specht." „Und kann der sprechen?" „Nein, aber sehr gut morsen."

Nichts nutzt das
eigene Auto so sehr ab,
als wenn sich der
Nachbar ein neues kauft.

Umleitungen
sind die
besten
Möglichkeiten,
die eigene
Stadt kennen-
zulernen.

Danny Kaye

In jeder Minute, die man
mit Ärger verbringt,
versäumt man 60
glückliche Sekunden.

William Somerset Maugham

Auf Standpunkten sollte man besser nicht stehenbleiben.

Horst Tappert

„Und wie wollen Sie beweisen, Daß Sie eine Verkaufskanone sind, Herr Müller?“ „Nun, neulich habe ich einem Bauern eine Melkmaschine verkauft, obwohl er nur eine einzige Kuh besaß.“ „Na und?“„ Die Kuh hab ich in Zahlung genommen.“

Glaube ver-
setzt Berge -
der Zweifler
erklettert sie.

Den Fehlern von gestern folgen die Probleme von morgen und die Sorgen von übermorgen.

An schlechten Tagen ist die Aussicht auf bessere Tage größer als an guten Tagen.

Auch als Sechzigjähriger kann man 40 Jahre alt sein, aber nur noch eine halbe Stunde am Tag.

Anthony Quinn

Auf einer Party mokiert sich eine Dame über ein gewaltiges Dekolleté. „Wie kann man nur so rumlaufen!“ „Nun, Liebling“, antwortet ihr Mann, „dafür gibt es zwei gute Gründe!“

Ein Mann fängt an, ein echter Ehemann zu sein, wenn seine Frau sein Schnarchen besser kennt als seine Küsse.

Niemanden kann man so leicht täuschen wie sich selbst.

Nikos Kazantzakis

Das einzige, was man täglich schlucken kann, ohne zuzunehmen, ist Ärger.

Gute Manieren sind Geräusche, die man nicht macht, wenn man eine Suppe ißt.

Ein Kinderwagen ist der Spaß vom letzten Jahr auf Rädern.

Robert Lembke

„Papa, was ist Esperanto?" „Eine Weltsprache." „Und wo spricht man die?" „Nirgends."

Freunde kann man sich suchen, Verwandte hat man.

Babies sind leicht großzuziehen - man muß nur das eine Ende immer trocken und das andere Ende immer feucht halten.

Ordnung ist das halbe Leben – woraus mag nur die andere Hälfte bestehen?

Heinrich Böll

Würden die Menschen öfter in sich gehen, wären sie nicht so oft außer sich.

Monika fragt ihre Freundin :"Warum hast Du bloß den steinreichen Bankier sausen lassen? Er wollte Dich doch heiraten." „Vergiß es. Was ich für Leidenschaft hielt, war nur Asthma."

Hoffnung bedeutet, überzeugt zu sein, daß es niemals zu spät ist.

Der Mensch, der sich nur seiner Vorfahren rühmen kann, gleicht einer Kartoffel - sein einzig Gutes ist unter der Erde.

Trockene Straßen machen das Autofahren sicherer, trockene Autofahrer machen die Straßen sicherer.

„Wenn Sie mir keine Gehaltserhöhung geben, Herr Direktor, erzähle ich allen, ich hätte eine bekommen!"

Der Orden ist ein kostensparender Gegenstand, der einem ermöglicht, mit wenig Blech viel Eitelkeit zu befriedigen.

Aristide Briand

Manchen Leuten ist es zu gönnen, daß sie es ein Leben lang mit sich selbst aushalten müssen.

Das meiste Geld verplempert man beim Bezahlen.

Jeder Mensch hängt an seinen Gewohnheiten - besonders an den schlechten.

„Der Papierkrieg wird immer schlimmer!“ klagt der Büroangestellte bei Mercedes. „Wenn uns in tausend Jahren Archäologen ausbuddeln, müssen die denken, wir waren eine Papierfabrik mit einem großen Fuhrpark.“

Wissen ist gut, doch Können ist besser.

Ein Komiker ist ein Mensch, der nichts, aber auch gar nichts ernst nimmt – außer sich selbst.

Danny Kaye

Meistens bezahlt man seine Erfahrungen teuer, obwohl man sie doch beim Nachbarn billig haben könnte...

Müde Männer sind die Krone der Erschöpfung.

„Herr Pfarrer, meine Frau hat endlich ein Kind geboren!“ freut sich ein leicht angejahrter Mann. Der Pfarrer faltet die Hände und sagt: „Danket dem Herrn, der über Euch wohnt!“

Es ist doch klar, daß Frauen zum Anziehen länger brauchen als Männer, denn in den Kurven müssen sie mit dem Tempo runtergehen!

Walter Giller

**Wie man sich fettet,
so riecht man.**

Viele junge Menschen ereifern sich über Anschauungen, die sie in 20 Jahren selber haben werden.

Jean Paul Sartre

Ein Spezialist ist einer, der von immer weniger immer mehr weiß, bis er von nichts alles weiß.

Nicht jeder, der den Rahmen sprengt, hat ein großes Format.

„Fritzchen, nenne uns ein Beispiel, wie man die Wasserkraft nutzen kann!“ sagt der Physiklehrer. „Ganz einfach. Meine Mutter heult so lange, bis mein Vater ihr ein neues Kleid kauft.“

Blumen
und Liebe
brauchen
Pflege,
sonst
welken sie.

Das eindrucksvollste
Beispiel von Toleranz ist
eine goldene Hochzeit.

Man kommt besonders gut durchs Leben, wenn das Herz ein bißchen weicher ist als der Kopf.

Lutz Ackermann

Männer leben
vom Vergessen, Frauen
vom Erinnern.

„Sind die Räume eigentlich hellhörig?“ fragt der neue Mieter den Hausbesitzer. „Na, ja es geht so,“ meldet sich eine Stimme aus der Nachbarwohnung.

Für jede Dummheit findet sich einer, der sie macht.

Bis einer sich selbst kennengelernt hat, hat er sich längst wieder verändert.

Am Rausch ist nicht der Wein schuld - sondern der Trinker!

Die Säuglingsschwester zeigt dem frischgebackenen Vater das neugeborene Baby, der beugt sich freudestrahlend über den Säugling und jubelt: „Ein Junge, ein Junge!“ „Nein“, sagt die Schwester, “ein Mädchen! Und würden Sie bitte meinen kleinen Finger loslassen.“

Ein guter Pessimist findet zu jeder Lösung das passende Problem.

Der Hauptfehler des Menschen ist, daß er so viele kleine hat.

Alle Menschen sind klug - die einen vorher, die anderen nachher.

Chinesisches Sprichwort

Es ist ärgerlich, wie oft man eine Arbeit aufschieben muß, bevor man sie endgültig vergessen hat!

Der flotte Kavalier fragt sie: "Haben Sie schon mal einen Mann getroffen, bei dessen Berührung jeder Nerv in Ihnen vibrierte?" „Ja." „Und wer war das?" „Mein Zahnarzt."

Wie man sich füttert, so wiegt man.

Michael Thürnau

Eine Handvoll Hilfe ist besser als ein Lastwagen voll Rat.

Wenn jemand ständig auf die Pauke haut, muß das nicht heißen, daß er musikalisch ist!

Als er sein Gesicht wahren wollte, merkte er, daß er gar keines hatte.

Ein Ölscheich kauft sich innerhalb von drei Tagen den zweiten Rolls-Royce. Fragt der Autohändler:“Waren Sie mit dem ersten Fahrzeug nicht zufrieden?“ „Doch, doch - aber die Aschenbecher sind voll.“

Das Flüstern einer schönen Frau hört man weiter als den lautesten Ruf der Pflicht.

Pablo Picasso

Nur im
Lexikon ist
die Welt
von A bis Z
in Ordnung.

Mancher hat Haare
auf den Zähnen, weil er
keine auf dem Kopf hat.

Auch auf dem höchsten Posten dieser Erde sitzt der Mensch auf seinem Hintern.

Erfahrung ist die
Fähigkeit, seiner Frau
Dinge zu schenken, die
sie nicht umtauscht.

Ein bekannter Fernseh-Meteorologe bekommt einen Zuschauerbrief: „Vielleicht interessiert es Sie zu erfahren, daß ich die ganze letzte Nacht damit zugebracht habe, die von Ihnen vorhergesagte ‚leichte Bewölkung' aus meinem Keller zu pumpen."

Geduld ist das einzige Ding, das man verlieren kann, ohne es zu besitzen.

Georg Christoph Lichtenberg

Laut Statistik ist die Ehe die Hauptursache aller Scheidungen.

Nichts macht so alt wie ein lange zurückliegendes Geburtsdatum.

Dummheit, die man bei anderen sieht, wirkt meist erhebend aufs Gemüt.

Wilhelm Busch

Urlaub ist, wenn man 7 Koffer, 4 Kinder, eine Schwiegermutter, eine Ehefrau, 2 Hunde und 3 Wellensittiche ins Auto packt und sagt: "Wie gut, mal alles hinter sich zu lassen!"

Je älter man wird, desto mehr merkt man, daß man nicht mehr der Alte ist.

Das Leben ist ein langer Weg. Meistens ist er aus Holz.

Richtig verheiratet ist ein Mann erst, wenn er jedes Wort versteht, das seine Frau nicht gesagt hat.

Alfred Hitchcock

Zwei Ärzte treffen sich auf dem Friedhof. Sagt der eine:“Na, auch bei der Inventur?“

In der Telefonzelle zahlt man vor dem Wählen, in der Politik danach.

Der Mann baut das Haus, die Frau das Zuhause.

Es ist heute leicht, ein Prophet zu sein, denn es trifft alles ein, was man befürchtet.

Dieter Hildebrandt

Die einzige italienische Institution, die niemals streikt und sogar Überstunden macht, ist die Sonne.

Franco Pilastri

Nennen Sie eine seltene Flüsigkeit mit 14 Buchstaben. Beamtenschweiß.

Das größte
Unglück für die
Werbung sind
zufriedene
Menschen.

Demokratie darf
nicht so weit gehen,
daß in der Familie
darüber abge-
stimmt wird, wer
der Vater ist.

Willy Brandt

**Ein Fußgänger ist ein
Autofahrer, der einen
Parkplatz gefunden hat.**

Erwin Puchinger

Das dumme
an der
heutigen
Jugend ist,
daß man
selbst nicht
mehr dazu-
gehört.

Zwei Kollegen treffen sich im Theater."Darf ich Ihnen meine -äh- Nichte vorstellen?"
„Danke, nicht nötig,"sagt der andere,"Sie war auch schon mal meine Nichte."

Jeder Mann kann eine Frau dahin kriegen, wo sie ihn haben will.

Dustin Hoffmann

Musik ist die gemeinsame Sprache der Menschheit.

Diplomaten sind Leute, die man auf Reisen schickt, um zum Besten ihres Landes zu lügen.

William Shakespeare

Eine Möglichkeit, das letzte Wort zu haben, hat der Ehemann immer. Er kann um Verzeihung bitten.

Noel Coward

Manche Sonntage sind so langweilig, daß sie besser Montage gewesen wären.

Der Chef ist mit seiner neuen Sekretärin unzufrieden. „Sie schreiben langsam, Sie rechnen langsam, Sie telefonieren langsam. Gibt es eigentlich etwas, was bei Ihnen schnell geht?" „Doch. Ich werde schnell müde."

Antiquitäten sind Sachen von gestern nach dem Geschmack von heute zu den Preisen von morgen.

Liselotte Pulver

Wenn jemand von Gürtel-enger-schnallen redet, dann trägt er selbst Hosenträger.

Ingrid Matthäus-Maier

Der Chef ist wie ein Blinddarm - oft gereizt und völlig nutzlos.

Ein bekannter Kriminalschriftsteller wird interviewt. „Welches Ihrer Bücher ist Ihrer Meinung nach Ihr raffiniertestes Werk?" „Meine letzte Steuererklärung."

Alle wollen euer Bestes, laßt es euch nicht nehmen.

Beim ersten Mal spricht man von Zufall, beim zweiten von Statistik, beim dritten von Tradition.

Kurt Biedenkopf

Die Pension ist die begehrteste aller Alterserscheinungen.

Wolfram Weiner

Abnehmen ist ganz einfach - man darf nur Appetit auf Speisen bekommen, die man nicht mag.

Zwei Freundinnen unterhalten sich. „Du warst ganz schön blöd, als Du Peter den Laufpaß gegeben hast. Jetzt wird er mich heiraten!" „Ja, er sagte schon beim Abschied, jetzt sei er zu jeder Wahnsinnstat fähig."

Der liebe Gott weiß alles. Die Lehrer wissen alles besser.

Je mehr man vergißt, desto besser erinnern sich die anderen.

Undank ist der einzige Lohn, bei dem nicht ständig eine Erhöhung verlangt wird.

Solange man kann, sollte man lachen: man weiß nie, wann es einem vergeht.

Wer nachts in einem Flußbett pennt, am Morgen naß nach Hause rennt.

Henning Venske

„Jetzt reißt mir aber der Geduldsfaden, mein Junge, jetzt rufe ich Dich mindestens schon 10 mal, und Du hörst nicht! Was soll denn bloß aus Dir werden?“ „Kellner, Papa!“

Den Fehlern ist es wurscht, wer sie macht.

Wer immer die Wahrheit sagt, kann sich ein schlechtes Gedächtnis leisten.

Theodor Heuss

Urlaub ist die Fortsetzung des Familienlebens unter erschwerten Bedingungen.

Dieter Hildebrandt

Luftschösser zu bauen kostet nichts, aber ihre Zerstörung ist oft sehr teuer.

Die Mutter sieht, wie ihr Sohn aus einer Pfütze Wasser trinkt. „Kind das Wasser ist doch voller Bakterien!“ „Nee, Mama, die sind alle tot. Ich bin vorher dreimal mit dem Roller durchgefahren.“

Eine Lösung habe ich – leider paßt sie nicht zum Problem.

Es ist schwer, mit plötzlichem Reichtum fertig zu werden. Glücklicherweise tritt dieses Problem aber nur selten auf...

Robert Lembke

Die wahren Lebeskünstler sind bereits glücklich, wenn sie nicht unglücklich sind.

Jean Anouilh

Was ist der Unterschied zwischen einem BH und einem Pullover? Der BH hält, was der Pullover verspricht.

Schlafen ist auch eine Form von Kritik – besonders im Theater.

Georg Bernhard Shaw

Wer einmal weg vom Fenster ist, hat keine Aussichten mehr.

Du kannst zwar einen fliehenden Elefanten aufhalten, aber nicht das kleinste Haar auf Deinem Kopf, wenn es fallen will!

Gerhart Hauptmann

In der Liebe verlieren die Liebenden den Kopf, und da die Liebe blind macht, können sie ihn nicht wiederfinden.

„Mit Wein, Weib und Gesang sollten Sie in Zukunft etwas kürzer treten," rät der Arzt dem Patienten. „Okay, Doktorchen, das Singen gebe ich auf."

Ein Steckenpferd
frißt mehr als zehn
Ackergäule.

Eine Frau kann tagelang
von nichts anderem
leben als von einem
Kompliment.

Erfahrungen vererben sich nicht – jeder muß sie allein machen.

Kurt Tucholsky

Es ist leicht, den
Gürtel enger zu
schnallen, wenn es
ein fremder Gürtel ist.

Alberto Sordi

Der Kellner kommt an den Tisch. „Mein Herr, Sie haben Ihren Kaffee verschüttet!"
„Unmöglich, Herr Ober, er war so schwach, daß er von allein umgefallen ist!"

Wer nicht mit der Zeit geht, geht mit der Zeit.

Schwere Arbeit schadet zwar nicht, aber Nichtstun verursacht weniger Unfälle.

Die Dicken leben zwar kürzer, aber sie essen länger.

Stanislaw Jerzy Lec

Ratschläge sind wie abgetragene Kleider. Man benutzt sie ungern, auch wenn sie passen.

Thornton Wilder

Manche Menschen wollen glänzen, obwohl sie keinen Schimmer haben.

Zwei Freunde unterhalten sich über die berufliche Zukunft ihrer Söhne: „Unser Jüngster ist fürchterlich unzuverlässig. Ich frage mich, wo der mal Arbeit finden soll.“ „Wie wär´s beim Amt für Wettervorhersagen?“

Schwierigkeiten
bringen manchmal
Talente ans Licht, die
bei günstigeren
Bedingungen
schlummern würden.

Horaz

Wer den
Kopf
hängen
läßt, sieht
weniger.

Gerlinde Nyncke

Kein Mensch hat
so viele Fehler wie der
Mensch, der gerade
nicht da ist.

**Eine gute Ehe besteht
aus einer besseren
Hälfte und einer
stärkeren Hälfte.**

Victor de Kowa

Der Gefängnisdirektor zu seinen Gefangenen: „Am 26. hat unser Gefängnis 50jähriges Jubiläum. Wie können wir diesen Tag begehen?“ „Als Tag der offenen Tür, Herr Direktor!“

Die schwierigste aller Sportdisziplinen ist die Selbstdisziplin.

Gott schuf Menschen – und die waren denn auch dementsprechend...

Katharina Ackermann

Meinungen sind wie Nägel. Je mehr Du auf sie einschlägst, um so tiefer dringen sie ein.

Die 16jährige fragt kaugummikauend die Verkäuferin: „Kann ich die Klamotten umtauschen, wenn sie meinen Eltern gefallen?"

Viele verwechseln ihre schlechten Eigenschaften mit ihrer persönlichen Note.

Friedl Beutelrock

Das Gefährliche an Halbwahrheiten ist, daß immer die falsche Hälfte geglaubt wird.

Hans Krailshaimer

Reichtum gleicht dem Seewasser: Je mehr man davon trinkt, desto durstiger wird man.

Arthur Schopenhauer

Die Phönizier haben das Geld erfunden, aber warum so wenig...?

Johann Nepomuk Nestroy

„Stellen Sie sich vor", erzählt ein hoher Finanzbeamter auf einer Party einem anderen Gast, „in meiner Jugend wollte ich Räuber werden." „Da haben Sie aber Glück gehabt", meint der, „nicht vielen Menschen ist es vergönnt, daß ihr Jugendtraum in Erfüllung geht."

Es gibt
tausend
Krankheiten,
aber nur
eine
Gesundheit.

Ludwig Börne

Heiße Eisen legt man am besten so lange auf Eis, bis man sie anfassen kann.

Man braucht kein Wetterfrosch zu sein, um zu wissen, woher der Wind weht!

Der Mensch ist das einzige Lebewesen, das im Fliegen eine warme Mahlzeit zu sich nehmen kann.

Victor von Bülow, „Loriot“

Der Ehemann stürmt ins Schlafzimmer und ruft seiner Frau im Bett zu: „Liebling es brennt, es brennt! – Schnell, raus aus dem Haus!“ Ertönt eine Stimme aus dem Schrank: „Rettet die Möbel, rettet die Möbel!“

Den Beamten soll das Leben erleichtert werden. Sie werden nicht mehr versetzt, sondern umgebettet.

Jemand, der eine zu lange Leitung hat, löst bei anderen schnell einen Kurzschluss aus.

Es scheitert jegliches Bemühen, wenn einer bremst, wo andere ziehen.

Hans Menzel

Vorsätze sind wie Aale, leicht zu fassen, aber schwer zu halten.

Alexandre Dumas

Tränen erleichtern das Herz einer Frau und gleichzeitig die Brieftasche des Mannes.

Zwei Freunde treffen sich. „Wie geht`s denn so?“ „Frag` mich nicht. Ich hab` wieder jede Menge Binnenpost bekommen.“ „Binnenpost - was ist denn das?“ „Mensch, die kennt doch jeder! Da steht doch immer drin: Sollten Sie nicht binnen drei Tagen...“

Das erste,
was man
bei einer
Abmagerungs-
kur verliert,
ist die gute
Laune

Michael Thürnau

Es gibt Kamele mit
einem Höcker und
welche mit zweien.
Aber die größten
haben gar keinen.

Arthur Schopenhauer

**Schon manch einer
hat seinen Kopf
gerettet, indem er
sich rechtzeitig auf
die Zunge biß.**

Der Mann ist das
Haupt der Familie,
und die Frau ist der
Hut darauf.

Amerikanisches Sprichwort

„Ist Ihr Neubau immer noch so feucht? „Und ob! Gestern habe ich in der Mausefalle einen Fisch gefangen."

Ein Schneemann ist
wohl der einzige Mann,
der keinen zweiten
Frühling erlebt!

Die letzten 28 Tage im Monat finde ich immer am anstrengendsten.

Lutz Ackermann

Je mehr Freude man an seiner Arbeit hat, desto besser ist sie bezahlt.

Mark Twain

„Aber, aber, meine junge Dame, Du bist erst 15 Jahre alt und willst schon die Pille?"
„Na klar, Herr Doktor, es ist jetzt zwei Jahre gutgegangen, aber man soll das Glück nicht herausfordern!"

Wenn Arbeit adelt, dann bleibe ich lieber bürgerlich.

Paul Flora

Wer andauernd wie ein rohes Ei behandelt wird, muß mit der Zeit faul werden.

Manche Redner wissen nicht, wohin mit ihren Händen. Sie sollten sie sich lieber vor den Mund halten.

Der Zorn ist ein guter Motor, aber ein schlechtes Lenkrad.

„Das ist der Gipfel der Unverschämtheit!“ brüllt Lehmann,“ich erzähle Ihnen, daß meine Frau ein Kind erwartet und Sie fragen, von wem?“ „Nun regen Sie sich doch nicht so auf, ich dachte, Sie wüßten es!“

Arbeit
macht
Spaß, aber
wer kann
schon stän-
dig Spaß
vertragen?

Viele Probleme erledigen sich von selbst - wenn man sie dabei nicht stört.

Man soll niemandem etwas nachtragen, wir haben alle schon genug zu schleppen.

Johannes Müller

Manch einer verdankt seinen Erfolg freundschaftlichen Ratschlägen, die er nicht angenommen hat.

Der Vater brüllt den jungen Mann an.„Sie haben meiner Tochter die Unschuld geraubt!" Stottert der junge Mann völlig zerknirscht:"Ich tu`s bestimmt nicht wieder!"

Ohne Köpfchen sollte man
niemandem die Stirn bieten.

Harald Kriegler

Manch einer geht zum Karneval als Badewanne. Er lässt sich vollaufen.

Auf den untersten Sprossen der Erfolgsleiter ist die Unfallgefahr am geringsten.

Wenn Du eine hilfreiche Hand suchst, findest Du sie mit Sicherheit am Ende Deines rechten Armes.

Lob ist billiger als Gehaltserhöhung.

„Zeugin“, tadelt der Richter,“Sie haben ein falsches Alter angegeben!“ „Nein, Herr Richter, falsch ist es nicht, es ist nur von früher.“

Es ist leichter, einen Hut aufzusetzen, als ihn zu nehmen.

Das Schöne am Leben sieht man erst, wenn man die Sorgen beiseite legt.

Angeber sind wie Zwiebeln - man entfernt Schale für Schale und was übrig bleibt, ist zum Weinen.

Es ist ein Irrtum, wenn man glaubt, langsame Mitarbeiter würden schneller, wenn man sie zur Schnecke macht.

Der Beamte geht zum Arzt. „Herr Doktor, ich rede im Schlaf!“ „Was ist daran denn so schlimm?“ „Das ganze Büro lacht schon über mich!“

‚Morgen' nennt man den Tag, an dem die meisten Fastenkuren beginnen.

Helen Vita

Der geistige Horizont ist der Abstand zwischen Brett und Hirn.

Ein Prominenter ist ein Mensch, der viele Jahre hart gearbeitet hat, um bekannt zu werden, und sich dann hinter einer Sonnenbrille verbirgt, damit man ihn nicht erkennt.

Frank Sinatra

Die Mutter schimpft mit der Tochter: "Was glaubst Du wohl, was mit kleinen Mädchen passiert, die ihren Teller nicht leer essen?" „Die bleiben schlank, werden Mannequin und verdienen einen Haufen Geld!"

Nicht jeder, bei dem es piept, hat ein Handy.

Lutz Ackermann

Man glaubt gar nicht, was für ein guter Liebhaber ein Ehemann mit einem schlechten Gewissen ist!

Hans Borgelt

Ein Raucher, der immer wieder von den Gefahren des Rauchens liest, hört in den meisten Fällen auf - zu lesen.

Winston Churchill

Bilanzen sind wie ein Bikini: das Interessanteste zeigen sie nicht.

Cyril Parkinson

Der Kunstliebhaber bittet den Maler: "Malen Sie mir die heilige Magdalena!" „Vor der Sünde oder nach der Sünde?" „Während! Während!"

Jeder
spinnt auf
seine Weise -
der eine
laut, der
andere leise.

Joachim Ringelnatz

Was Glück ist, weiß man erst, wenn man geheiratet hat. Und dann ist es zu spät.

Arabisches Sprichwort

Die einzige Entwicklung bei der Liebe in den vergangenen 6000 Jahren ist die Zigarette danach.

Amos Oz

Geld zu erwerben erfordert Klugheit, Geld zu bewahren Weisheit - aber Geld schön auszugeben, das ist eine Kunst.

Die Lehrerin fragt die Schüler:"Wie heißt das einzige Tier, vor dem der Löwe Angst hat?" Stefan meldet sich: "Die Löwin."

Beim Studium der Frauen bringt man
es höchstens zur mittleren Reife. Hans Söhnker

Das Gleichgewicht verliert man schneller als das Übergewicht.

Michael Thürnau

Begeisterung ist ein guter Treibstoff, doch leider verbrennt er zu schnell.

Albert Schweitzer

Manche Leute stehlen einem in einer halben Stunde mehr Zeit, als andere in einer ganzen Woche.

Die Basis jeder gesunden Ordnung ist ein großer Papierkorb.

Kurt Tucholsky

Der Freund fragt: "Na wer ist denn bei Euch der Herr im Hause?" „Ganz einfach: meine Frau kommandiert die Angestellten, meine Kinder kommandieren die Hunde..." „Und Du?" „Ich habe die Blumen übernommen!"

In der Ehe kommt
es darauf an,
daß die Fehler
zueinander passen.

Fürst von Ligne

Wer ständig glücklich sein will, muß sich oft verändern.

Eine der netten
Eigenschaften von Mutter
Natur ist die Art, wie sie
im Herbst rot wird, bevor
sie sich entkleidet.

Hoimar von Dithfurth

„Was machst Du denn um diese Zeit noch im Garten, Monika?“ fragt die Mutter genervt. „Ach, Mama, ich seh mir nur den Mond an.“ „Gut. Dann sag jetzt dem Mond, er soll sich auf sein Moped setzen und nach Hause fahren.“

Mit Blasen
an den
Füßen geht
man
bewußter.

Peter Horton

Die Angst vor dem Tod
hält uns nicht
vom Sterben sondern
vom Leben ab.

Jeder Mensch hat seine guten Seiten. Man muß nur die schlechten umblättern.

Ernst Jünger

Mit Geld kann man
zwar einen Hund
kaufen, aber nicht
sein Schwanzwedeln.

Was ist das Gegenteil von charmant? Wenn ein Mann seine Frau vom Kosmetiksalon abholt, sie anschaut und sagt: „Na gut, Du hast es wenigstens versucht."

Laufen Sie dem
Geld nicht hinterher,
gehen Sie ihm
entgegen.

Lächeln ist das
Kleingeld des Glücks.

**Die guten Zeiten
haben alle
einen Fehler - sie
gehen vorbei.**

Der kleine Robert muß beim Essen furchtbar husten. Erschrocken fragt ihn seine Mutter:"Robert, mein Junge, hast Du Dich verschluckt?" „Nein, Mama," keucht er, „Ich bin noch da!"

Illustrationen
Christian O. Böttger

1. Auflage Oktober 1999

HANSEATISCHE EDITION GMBH
Mühlenkamp 31
22303 Hamburg
Telefon 040/279 10 05

ISBN 3-921 554-98-5

Sonja Marlin
MIT ZÄRTLICHER GEWALT
Gedichte

Liebe ist...
...etwas zwischen Frau und Mann, das man nicht verhindern kann.

ISBN 3-921 554-72-1
DM 16,80

Sonja Marlin
LIEBER GOTT, DU ALTER SCHLINGEL
Gedichte

Gedichte über Gott,
die Welt, die Menschen und die Verzwicktheit ihrer Gefühle.

ISBN 3-921 554-74-8
DM 16,80

Sonja Marlin
MÄRCHENPRINZ UND GUMMIBÄR
Gedichte

Verse über Höhen und Tiefen der Mann-Frau-Beziehung zum Erheitern und Wiederaufrichten.

ISBN 3-921 554-70-5
DM 16,80

Sonja Marlin
DAS GLÜCK IST WIE EIN SCHMETTERLING
Gedichte

Glück und Schmerz, Lachen und Weinen – Gefühle sind wie Schmetterlinge.

Ein Muß für jeden Sonja Marlin Freund.

ISBN 3-921 554-76-4
DM 16,80

Kim Casali
LIEBE IST…
… gemeinsam in den Himmel schweben.
… den anderen atemlos machen.

Viele, viele Liebeserklärungen, die Bibel für das Leben zu zweit, ein Geschenk für jeden der liebt.

ISBN 3-921 554-94-2
DM 20,-

Sonja Marlin
VON MENSCHEN UND SCHWEINEN UND DEM LIEBEN GOTT
Gedichte

Himmelhochjauchzend –
zu Tode betrübt, alltägliche Unzulänglichleiten…
und immer wieder das Lachen

ISBN 3-921 554-80-2
DM 16,80

HANSEATISCHE EDITION GMBH, Mühlenkamp 31, 22303 Hamburg, 040/279 10 05

DER SPRUCH DES TAGES
DAS ERSTE BUCH

Witziges, Philosophisches, Kurioses und Überraschendes für Herz und Verstand.

ISBN 3-921 554-95-0
DM 19,80

DER SPRUCH DES TAGES
DAS ZWEITE BUCH

Reaktionen von Lesern:

„Die Sprüche des Tages sind für mich ein echter Knüller!“

„Eine Supermischung mit traumhaft schönen Bildern“

ISBN 3-921 554-96-9
DM 19,80

HANSEATISCHE EDITION GMBH, Mühlenkamp 31, 22303 Hamburg, 040/279 10 05